Ilija Trojanow

Gedankenspiele über die

Neugier

Literaturverlag Droschl

*Für Dževad, Thomas und Vidya,
die drei Neugierigen Weisen.*

Eines Tages wird Nasreddin Hodscha von drei Priestern aufgesucht. Sie haben den weiten Weg aus Europa auf sich genommen, in die unerschöpflichen Weiten des Orients. Ihnen ist zugetragen worden, der Hodscha sei ein weiser Mann (ein weiser Narr, auch diese Meinung haben sie gehört). Sie wollen ihm einige Fragen stellen, die sie seit längerem umtreiben.

»Verehrter Hodscha, wo befindet sich der Mittelpunkt der Erde?«, möchte der erste Priester wissen.

Was für eine einfache Frage, denkt sich der Hodscha und antwortet:

»Der Mittelpunkt der Erde ist genau unter dem linken Vorderhuf meines Esels.«

Die Priester blicken auf den linken Vorderhuf des Esels.

Dort soll der Mittelpunkt der Erde sein?

Wie kann der Hodscha das wissen?

»Hodscha, woher weißt du das? Kannst du das beweisen?«

»Beweisen?«, der Hodscha ist empört. »Warum soll ich's beweisen? Ich bin mir dessen sicher. Aber wenn ihr Beweise sehen wollt, nur zu. Ihr könnt es jeder Zeit nachmessen.«

Der zweite Priester ist nun an der Reihe.

»Hodscha, wie viele Sterne leuchten am nächtlichen Firmament?«

Was für eine einfache Frage, denkt sich der Hodscha und antwortet: »Es sind genauso viele Sterne am Himmel wie Haare in der Mähne meines Esels.«

»Hodscha, woher willst du das wissen?«

»Zählt nur nach, wenn ihr mir nicht glaubt«, erwidert der Hodscha.

»Aber Hodscha, das ist unmöglich!«

»Warum denn? Die Haare in der Mähne meines Esels zu zählen ist einfacher als die Sterne am Himmel.«

Der dritte Priester ist an der Reihe.

»Hodscha, wie viele Haare hat der Schwanz deines Esels?«

»Ach, das weiß ich ganz genau!«, lacht der Hodscha, »so viele wie dein Bart.«

Auch der dritte Priester ist skeptisch.

»Hodscha, kannst du das beweisen?«

»Fangen wir gleich an damit, wenn ihr

wollt. Du ziehst ein Haar aus dem Schwanz meines Esels und ich ziehe ein Haar aus deinem Bart.

Das tun wir so lange, bis alle Schwanzhaare verschwunden sind. Wenn du dann noch ein Haar übrighaben solltest, habe ich mich vertan.«

Stellen Sie sich vor, Ihre neuen Nachbarn heißen Gier, Herr und Frau Gier. Sie sind gerade in die Wohnung nebenan eingezogen, in die Wohnung unter oder über Ihnen. Die neuen Nachbarn verhalten sich unauffällig, zunächst. Ihr Kleinwagen, weiß und ohne Aufkleber, ist ordentlich geparkt. Ebenso ihr schwarzer SUV. Der Name auf dem Briefkasten ist einfach gehalten, in Großbuchstaben, keine Farbe, kein Schnickschnack. Bald nach dem Einzug stellen sich Herr und Frau Gier vor, im Treppenhaus, am späteren Nachmittag, mit Einkaufstüten in allen Händen. Der erste Eindruck, der bekanntlich nie täuscht, ist durchaus positiv, ein aufgeschlossenes, zugängliches Paar.

Wie es die Tradition gebietet, bringen Sie am Wochenende ein Brett mit Brot und Salz vorbei. Sie klingeln, stehen etwas verlegen vor der Tür, bis diese aufgeht und sie begrüßt werden von zwei freundlichen Gesichtern. Sie kommen sofort und geradezu mühelos ins Gespräch, weil die neuen Nachbarn Interesse zeigen, an Ihnen, an Ihrer Arbeit, an allem.

– Ach, Sie sind Arzt, sagt Frau Gier, und bohrt gleich nach.

– Oh, Sie sind Architekt, sagt Herr Gier, und vertieft sogleich das Gespräch.

– Wie schön, Sie spielen auch Tennis. Auf welchem Belag am liebsten?

– Bogenschießen? Wie faszinierend. Recurve oder Instinkt?

Nicht aufdringlich. Charmant geradezu.

Nach dem Austausch einiger Lebensdaten,

Restauranttipps und Hinweisen auf die Sondermüllentsorgung verabschieden Sie sich – der Höflichkeit wurde genüge getan.

    Wie zu erwarten, laufen Sie sich von nun an in dem Mehrfamilienhaus gelegentlich über den Weg. Wenn Sie am Briefkasten stehen oder die Tür zum Innenhof aufsperren oder sich damit abmühen, das Fahrrad hineinzuschieben oder wenn Sie auf den Fahrstuhl warten. Stets fragt Herr Gier oder Frau Gier, wie es Ihnen denn so gehe, aber nicht nur das, auch anderes, Fragen, die weit über die üblichen Floskeln hinausreichen, Fragen über das Haus, über das Viertel, über die Stadt, über das Umland. Sie bewundern die Lust des Ehepaars Gier an Kenntnis und Erkenntnis. Sie staunen, was die beiden so alles über ihre neue Umgebung wissen möchten. Eine bewundernswerte Eigenschaft, denken Sie sich. Wenn auch ein wenig enervierend, besonders an stressigen Tagen, bei schlechter Laune oder Nieselregen.

Fragen gebären unweigerlich Nachfragen; eine Frage, die ehrlich gestellt wird, steht selten einsam und allein im Flur. Und dieses scheinbar bescheidene »nach« erweist sich bei dem Ehepaar Gier von einer höchst intensiven Note, es ist *nach*bohrend, nicht *nach*lässig.
 – Dann können Sie mir bestimmt sagen ...
 – Gewiss können Sie mir erklären ...
 – Wir haben uns schon immer gewundert ...
 – Wir haben schon länger gerätselt ...
Fragen – nachfragen – befragen – ausfragen!
Die Vielfalt der Sprache spannt den Bogen von beeindruckend zu unverschämt.
Die Fragen des Ehepaars Gier tropfen beharrlich (unermüdlich?, unerbittlich?), sie sickern zur Haustür hinaus, auf die Straße, in die Kanalisation, sie bilden schon bald, so kommt es Ihnen vor, ein flüssiges Netz der Weltaneignung, in das auch Sie verstrickt werden, nolens volens.

Herr und Frau Gier laden Sie zu einem Grillabend ein. Als Vegetarier halten Sie sich an den Gesprächen fest und am Knoblauchbrot. Sie versuchen Herrn Gier und einigen seiner Kollegen zu erklären, wie ungesund übermäßig gebratenes rotes Fleisch ist. Das Interesse an Ihren Ausführungen hält sich in Grenzen. Herr Gier spült seine sonstige Wissbegier mit einem großen Schluck aus der Bierflasche hinunter. Aber im Laufe des lauen Abends gewährt Ihnen das Ehepaar einen weiteren Einblick in seine Haltung zur Welt.

»Jedes Mal, wenn wir in einem Café sitzen«, erzählt Frau Gier ...

»Oder in einem Restaurant«, ergänzt Herr Gier ...

»Oder in einer Lounge«, fährt Frau Gier fort, »betrachten wir die anderen Speisenden.«

»Und Wartenden«, vervollständigt Herr Gier.

»Und fragen uns, woher sie kommen, welche Sprache sie wohl sprechen.«

»Wenn wir die Sprache hören, rätseln wir

manchmal darüber, welche Sprache das wohl sein mag, man kann ja nicht alle Sprachen leicht zuordnen.«

»Wir versuchen zu erraten, welchem Beruf sie nachgehen, was sie gerade erlebt haben mögen ...«

»Am Wochenende vor allem, ob Museum oder Spaziergang oder Kino.«

»Wir sitzen da und spekulieren bis ins letzte Detail über diese Fremden.«

»Ist das nicht wunderbar«, ruft jemand aus.

»Ach, ich weiß nicht«, wendet eine andere Stimme ein.

Worauf Sie den Drang verspüren könnten (sollten Sie ein reger Kinogänger sein), eine Szene aus dem verstörenden Jarmusch-Film »The Dead Don't Die« zu erzählen, in der ein erfahrener Polizist zu seiner Kollegin vor dem Tatort sagt: »*I don't think you need to see that.*« Trotzdem betritt sie das Diner, sieht zwei zerfleischte Frauenleichen auf dem Fußboden liegen, eilt hinaus und sagt mit versagender Stimme: »*I didn't need to see that!*«

Eines sonntäglichen Nachmittags, als Sie gerade von einer Fahrradtour zurückkehren, verschwitzt, ausgelaugt und mit leichten Schürfwunden am rechten Bein, verspüren Sie das Bedürfnis, sich sämtlichen jovialen Fragen der Nachbarn zu entziehen, und fühlen sich dabei im Recht: Was geht die das an! Kümmert euch doch um euren eigenen Kram! Ab wann, grübeln Sie später am Abend, überqueren Nachfragen die Grenze des Anstands (ich weiß, ein altbackenes Prinzip). Oder der guten Manieren (vielleicht auch veraltet?)? Ab wann verstoßen sie gegen Gesetze des Glaubens oder Aberglaubens? Welche Nachfragen sind nicht mehr schicksalsfroh oder gottesfürchtig? Ab wann wird Neugier maßlos? Beim Einschlafen denken Sie sich: Zu viel wissen zu wollen, ist auch nicht gut.

Es hat wahrscheinlich nie eine Gesellschaft gegeben, die keine Barrieren gegenüber dem Wissen errichtet hat. Es gab Herrschaftswissen und Berufsgeheimnisse, es gibt Interna und Intimes, es wird *top secret* und *need to know* geben. Moralisten seit der griechischen und römischen Antike haben sich missbilligend über jene Wichtigtuer geäußert, die im Privatleben ihrer Nachbarn herumschnüffeln. Mittelalterliche christliche Theologen verurteilten jede Neugier außer der kirchlich gelenkten, zum Beispiel jene der Nekromanten, die doch nur herausfinden wollten, was mit dem Geist nach dem Tod geschieht, die sich nichts sehnlicher wünschten, als mit dem Jenseits ins Gespräch zu kommen (wer könnte es ihnen verübeln?). Die Neugier der Séancen war aber verpönt. Jahrhundertelang wurden Mädchen dazu erzogen (geradezu abgerichtet), der Neugier zu entsagen. Weil es unschicklich schien. Und weil so ein Verbot genutzt werden konnte, Frauen davon abzuhalten, Dinge zu wissen, die nur Männer wissen sollten. Jene, die sich selbstherrlich

Wissen aneigneten, wurden als Hexen verbrannt.

Heute darf die Neugier alles, solange sie vom Staat bzw. von monopolistischen Großkonzernen betrieben wird. Die Bürgerinnen und Bürger haben völlig transparent zu sein, alle Informationen über sie sind zugänglich, alle ihre Daten auswertbar. Unsere individuelle Wissbegier hingegen über das, was hinter den Kulissen geschieht, über Geldwäsche und Korruption, Geheimoperationen und verdeckte Absprachen, ist gesetzlich streng reguliert und wenn sie über die vorgeschriebenen Regeln hinausschießt, wird das Individuum, das keine Einsicht in die Notwendigkeit der partiellen Blindheit hat, sanktioniert – siehe etwa den gegenwärtigen, brutalen Umgang mit Julian Assange, der abschreckend wirken soll auf all jene, die machtkritische Informationen veröffentlichen. Wie anno dazumal also. Die Neugier durfte sich noch nie frei austoben, sie wurde in manch einem Amtszimmer und in bestimmten Situationen misstrauisch beäugt, stets herrschte die Unterscheidung zwischen guter und schlechter, zwischen angemessener und unangemessener Neugier, ergo zwischen legitimem und illegitimem Wissen.

Das war von Anfang an so (der Anfang ist natürlich ein Anfang, den wir beliebig setzen, mit den Schöpfungsmythen der Genesis etwa oder den strengen Gesängen der Veden):

Wer sich umblickt, um zu sehen, was mit der Stadt Sodom geschieht, obwohl dies aus unerfindlichen Gründen verboten ist, erstarrt zur Salzsäule.

– Sei nicht so neugierig! –

Wer sich umblickt, um zu sehen, ob seine Geliebte ihm noch folgt, obwohl dies aus unerfindlichen Gründen verboten ist, der verliert seine Frau für immer.

– Was ich nicht weiß, macht mich nicht heiß! –

Wer zu hoch hinaufliegt, um die Sonne zu erkunden, der fällt vom Himmel.

– Neugier ist frivol! –

Wer seinen nächtlichen Liebhaber einmal zu Gesicht bekommen möchte, obwohl dies aus unerfindlichen Gründen verboten ist, wird sitzengelassen, in der Folge schrecklichen Gefahren ausgesetzt und in einen Todesschlaf versetzt, bevor sie schließlich gerettet wird (ein seltenes Happy-End im Horrorgenre »Bestrafung-der-neugierigen-Frauen«).

– Neugier wird aus Eifersucht geboren! –

Ganz zu schweigen von Eva, die in den Apfel von dem Baum der Erkenntnis von Gut und Böse beißt, was aus unerfindlichen Gründen verboten ist, weswegen seitdem alle Schlangen kriechen und alle Menschen sterben (Neugierige sind ja auch auf die Auswirkung von Strafen neugierig und in diesem Fall muss man sagen, dass die Todesstrafe Jehovahs das schönste Gottesgeschenk war: alles, was im Leben beglückend ist, glückt auf Grundlage unserer Endlichkeit).

Und nicht zu vergessen Luzifer, der dazu verdammt ist, den Gesprächen der anderen Engel zu lauschen, ohne etwas verstehen zu können, so sehr er sich auch anstrengt (welch profunde Moral der Geschicht': die Neugier, durch Verbote angestachelt, kann zwar nicht gebändigt werden, aber sie kann ins Leere laufen, in alle Ewigkeit).

Neugier galt lange Zeit nicht als intellektuelles Instrument, sondern als Leidenschaft, so gefährlich und schmerzensreich wie die Wollust, weswegen Augustinus sie *concupiscentia oculorum* nannte, die »Lust der Augen«. Voyeurismus würden wir heute sagen. Manch ein Heiliger erhob sie gar in den Rang einer Todsünde, einer Schwester der Faulheit, gemäß der arg humpelnden Überlegung, ob man sich dem Müßiggang oder dem Unnützen widme, um Zeitvergeudung handele es sich allemal. Ob in der Antike oder während der Renaissance, Neugier galt als arroganter Drang, die Geheimnisse der Natur zu erforschen, um die menschliche Macht zu vergrößern. Eine Feindin der Demut. Selbstzucht (gehorsames Augenverschließen und Gedankenverhindern) war angesagt, da das Ziel des menschlichen Lebens darin bestand, Gott näher zu kommen, in jedem Atemzug Seiner zu gedenken, jedes Wort Ihm zu widmen.

Augustinus und seine kirchlichen Nachfolger glaubten, dass Neugier zur Sünde des Stolzes führen und damit das wahrhaftige Streben nach Wahrheit kontaminieren könnte: »So ist ein so großer Stolz entstanden, dass man meinen könnte, sie wohnten in den Himmeln, über die sie streiten« (ach, die alten Meister, selbst wenn sie irren, tun sie das elegant). Thomas von Aquin, der vielleicht letzte Hausherr der allmächtigen katholischen Festung, glaubte in der Neugier vier Perversionen zu erkennen: neben dem Stolz die Beschäftigung mit Banalitäten (»Tatort« oder Helene Fischer oder Nintendo), das säkulare Nachfragen (was ich nicht weiß, macht Gott nicht heiß) und schließlich die Übertretung der natürlichen Grenzen unserer Auffassungsgabe (welch Skandalon: Wissen um des Wissens willen).

Der Geist von Augustinus durchweht übrigens ein ganzes Segment des heutigen Buchmarkts, das mit Spannung und Schrecken operiert, dem Thriller. Neugier ist hier durchwegs negativ konnotiert. Einige gängige Titel: *Tödlicher Tratsch – Wenn Neugier zum Verhängnis wird / Manchmal kann die Neugier zum Alptraum werden / Neugier kann tödlich sein / Neugier ist ein schneller Tod / Schamlose Neugier / Fatale Neugier / Sträfliche Neugier* (all das erinnert an das englische Sprichwort: *Curiosity killed the cat*. Mehr zu Tieren und ihrer Neugier später).

Nach einem schlechten Jahrtausend der Verunglimpfung war der Ruf der Neugier so gründlich ruiniert, dass selbst der überwiegend vernünftige und couragierte Erasmus von Rotterdam den Begriff der *curiositas* in einem abwertenden Sinn verwandte, als übermäßige Gier, unnötig Dinge wissen zu wollen, als das Gegenteil eines einfachen, vertrauensvollen Gottesglaubens. Und René Descartes, ein Mathematiker vor dem Herrn und der Null, warnte, dass die Sünde daher komme, dass wir mehr wissen wollten, als wir wissen könnten. Neugier als Anmaßung. Doch schon zu Zeiten von Erasmus (sogar bei ihm selbst) zeigte sich der erste Schimmer einer Moderne, die vieles neu bewertete, so auch die Neugier, nunmehr als lobenswerten Durst nach Wissen, um die Vielfalt und Vielschichtigkeit der Natur zu erkennen und sie in ihrer ganzen Herrlichkeit zu beschreiben, durchaus auch zum Lob Gottes. Denn wie Seneca schon schrieb (weit früher): »Die Natur gab uns eine angeborene Neugier und schuf uns, im Bewusstsein ihrer eigenen Kunst und Schönheit, um das Publikum des wunderbaren Spektakels der Welt zu sein; denn sie hätte sich vergeblich bemüht, wenn Dinge, die so groß, so brillant, so zart nachgezeichnet, so prächtig und vielfältig schön sind, in einem leeren Haus zur Schau gestellt würden« (sagt, kann man es schöner formulieren?).

Das »Kuriose« war alsbald das, was Interesse erweckte, und jene, die nach Kuriositäten suchten, wurden »die Neugierigen« genannt – Mitglieder der frühen Akademien etwa –, ein Synonym für Wissenschaftler. Und immer leiser wurden die Tiraden von den Kanzeln herab gegen dieses leichtfertige und eitle Wissenwollen.

◇◇◇

Die Wissbegier ähnelt (sprachlich zumindest) der Habgier – die Betonung liegt auf »Gier«. Es gibt einige längst vergessene Begriffe, die diesen Zusammenhang aufs Wort brachten:

Neubegierde etwa oder Vorwitz (mein Favorit).

Der **Vorwitz***, des -es, ein vorschneller, voreiliger Witz, in der weitern Bedeutung dieses Wortes, die ungeordnete Neigung, schädliche oder doch unnöthige Dinge zu wissen und zu erfahren, bloß, um sie zu wis-*

sen und zu erfahren. »Was deines Amts nicht ist, da laß deinen Vorwitz.«

Soweit das »Grammatisch-kritische Wörterbuch der hochdeutschen Mundart« von Johann Christoph Adelung, erschienen Ende des 18. Jahrhunderts.

Neugierig wie wir sind, werden wir sogleich bei einer anderen Auskunftsstelle vorstellig:

vorwitz*, ›neugier‹ (der – über den natürlicherweise gegebenen und zukommenden wissensrahmen hinausbegehrende – dem neuen, unbekannten, verwunderlichen zudrängende trieb, vgl. dazu ahd. viriwiz-gern und ae. fyrwit-georn, fyrwit-geornnes); wohl als intensivierung an die bedeutung ›verwunderung, erstaunen‹ (s. unter 1) anschlieszend, wird dies in der schattierung a und b γ die geläufige bedeutung des nhd. (vgl. auch die ausführliche definition des v. in allen seinen variationen bei Guarinonius grewel d. verwüstung (1610) 368–379 ›vom firwitz grewel‹); im gegenwärtigen sprachgebrauch jedoch tritt vorwitz gegenüber sinnverwandten wörtern zurück.*

a) im sinne von ›wiszbegierde‹, fast immer mit dem unterton der ungehörigkeit (keck forschende neugier) oder nichtigkeit (müszige neuigkeitssucht); der sinngehalt ist zunächst weitgehend von dem kirchlichen begriff der curiositas bestimmt (vgl. etwa Augustin confessiones, buch 10, kap. 35): den nehein furuuizze neist uuieo auriga in circo spilot ufen sinemo curru (ihn – den seligen – gelüstet es nicht zu wissen, wie im circus der wagenlenker spielend-wendig dahinfährt) Notker 2, 145.

weil denn alle farben so schön und scheinend sind, fragt der fromme vorwitz, was für eine farb gott zum angenehmsten sei? (Zitat Abraham a Santa Clara).

neugierde! was für ein vorwitz! (Zitat Lessing)

noch viel weniger soll uns vorwitz, neugierde und verlangen, die zukunft zu erfahren, antreiben, in gemeinschaft mit der geisterwelt zu kommen (Zitat Jung-Stilling)

ist das aber doch ein vorwitz und eine neugierd' bei den weibsleuten, denkt sich der bauernjurist, jetzt wollen sie schon gar wissen, wo sie daheim sind (Zitat Rosegger)

zuweilen verstärkt sich der tadelnde beisinn zur bedeutung ›naseweisheit‹ (sich überall vordrängende, vorlaute neugier, vgl. vorwitznase u. vorwitzig

sticht mich unbesonnenen und naseweisen esel der vorwitz, zu wissen, wer die schreyer da unten sind, und ich strecke meine ohren zu einem ladenfensterchen hinaus und gucke auf die gasse herab (Zitat Wieland)

Wahrlich, dieser (zumal stark gekürzte) Eintrag aus dem Deutschen Wörterbuch von Jacob Grimm und Wilhelm Grimm, fortgeführt nach ihrem Ableben, ist ein wenig vorwitzig geraten. Weniger wäre mehr gewesen, könnte man klagen. Aber auch Gefallen finden an der Fülle der Herleitungen und Beispiele, an der Präzision der Umkreisung (je mehr Kreise, desto besser, weswegen in allen Weltreligionen die Pilger das Sanctum Sanctorum nicht einmal, sondern mindestens siebenmal umrunden).

Nachfragen bedeutet seit Anbeginn der Moderne Nachschlagen.

Ein Blick, ein Einblick.

Kein Ausblick ohne Durchblick.

Daher das Aufkommen der Wörterbücher (Adelung und Grimm sind nur zwei herausragende Beispiele unter vielen) sowie der Enzyklopädien, an vorderster Stelle zu nennen jene des exemplarischen Aufklärers Denis Diderot, der zusammen mit d'Alembert die große, bahnbrechende französische »Encyclopédie« herausgab, ein Universalgelehrter (damals noch möglich), dem kein geringerer als Voltaire (noch so ein Vorwitziger) ein »pantophiles« Wissen nachsagte und der sage und schreibe 6000 der insgesamt 72.000 Artikel darin verfasste.

»Pantophil« – was ist das? (fragen die Neugierigen unter Ihnen).

»Pan« bedeutet alles und »phil« bedeutet Liebe, Neigung. Das klingt bewundernswert, panpositiv geradezu.

Wer nicht fragt und nachfragt, der ist (erneut wörterbüchern wir uns voran) *bar jeglicher Originalität, eigentümlichen Besonderheit, persönlichen Note;* der ist *auf ein alltäglich gewordenes Muster festgelegt und lebt in Langeweile oder Überdruss.*

Langweilig, alltäglich?

Anders gesagt: Nullachtfünfzehn.

Ein aggressiv klingendes Wort.

Null/acht/fünf/zehn: indeklinables Adjektiv [aus der Soldatensprache; übertragen von dem im Jahr 1908 im deutschen Heer eingeführten und 1915 veränderten Maschinengewehr auf das Einerlei des sich ständig wiederholenden Unterrichts an dieser Waffe] (umgangssprachlich abwertend) …

Eine militärische Herkunft, das ist nun doch interessant. Das Maschinengewehr MG 08/15, im Ersten Weltkrieg die Standardwaffe des Reichsheers des Deutschen Kaiserreiches, erfuhr einen wahren Siegeszug – nicht nur auf dem Schlachtfeld, sondern auch als Redewendung.

Wie und wieso?

Vielleicht weil die Waffe eine derart intensive Ausbildung verlangte, dass die Soldaten ob der täglichen monotonen Übungen den Ausdruck 08/15 bald für alles benutzten, was normiert und ewig gleich war. Weswegen (das kann kein Zufall sein) das Deutsche Institut für Normung 1918, als es die erste nationale Norm einführte, DIN 1 für jenen Metallstift festlegte, der in jedem MG 08/15 eingebaut war. Der Kegelstift wurde danach einheitlich hergestellt, was den Austausch dieses Ersatzteils unabhängig vom Aufenthaltsort vereinfachte.

Nullachtfünfzehn, alltäglich und ewig gleich, Standard und Durchschnitt – wie viele Menschen benutzen diesen Ausdruck, ohne zu wissen, woher er kommt? Wie vielen mangelt es an der nötigen Neugier, dem Sesam-Öffne-dich des Wissens (da muss ich gleich mal einhaken: Hat dieser Ausdruck etwas mit der Sesam-Pflanze zu tun oder handelt es sich um einen bildhaften Vergleich, um eine Metapher? Das Ehepaar Gier würde jetzt gleich nachschlagen und sogleich erfahren, dass Sesam auf Arabisch *simsim* heißt – nicht zu verwechseln mit *Simsalabim*, das vielleicht arabischer, vielleicht aber auch lateinischer Herkunft ist –, wer nach dem Nachfragen noch einmal und dann wieder nachfragt, der gerät in ein Labyrinth und gelegentlich in eine Sackgasse, so wie Höhlenforscher irgendwann das Ende eines Gangs oder einer Grotte erreichen).

Andere könnten wiederum auf die keineswegs abwegige Frage verfallen: »Wie sagt man Nullachtfünfzehn auf Englisch?«

Die Antwort würde lauten: *run of the mill.*
Wieso?

Hilfreich erneut das Lexikon: *Der Ausdruck* »run of the mill« *scheint aus der frühen werkseigenen Qualitätskontrolle hervorgegangen zu sein und beschrieb Arbeiten, die nicht bewertet wurden und daher weder außergewöhnlich gut noch außergewöhnlich schlecht sein dürften.*

Also auch maschinellen Ursprungs.

Die Sprache birgt gut sichtbar in sich einen zentralen Widerspruch der Moderne, die Befreiung des Menschen aus seiner Unmündigkeit (ergo mehr Zeit für individuelle Neugier) und zugleich die neuerliche Knechtung des Menschen in technische Abläufe, zum Wohle seiner Ausbeutung und Verdummung.

Welches Lexikon hätten Sie benutzt?

Welches habe ich verwendet?

Die Unterschiede sind eklatant. Wer Wikipedia gegen Brockhaus ausspielt – und das tun nicht wenige in die Jahre gekommene Bildungssnobs –, der hat den Unterschied zwischen diesen Enzyklopädien nicht verstanden. Wikipedia ist ein Förderer der grenzenlosen Neugier, der Brockhaus hingegen ein Zuchtmeister, der vorgibt – zugegebenermaßen sehr großzügig –, welche Neugier belohnt wird und was der Neugier nicht lohnt. Der Brockhaus bietet Leitplankenwissen, Wikipedia hingegen einen Urwald an Informationen, teilweise so flüchtig nebensächlich, dass sich manch eine darunter noch nicht zu gesichertem Wissen kristallisiert hat und vielleicht niemals Aufnahme in den Kanon der höheren Bildung finden wird, aber für manche Menschen von Interesse und Bedeutung ist, und nur das zählt. Wir benötigen den Brockhaus, um uns zu begrenzen, wir brauchen Wikipedia, um uns zu entgrenzen. Zwei gänzlich unterschiedliche Bedürfnisse.

◇◇◇

Ich selbst schlage mich bevorzugt durch das Dickicht. Durch den Dschungel. Meine Neugier lässt sich nicht kontrollieren, regulieren. Ein Leben lang war mir daran gelegen, die Bewegungsfreiheit der eigenen Neugier zu garantieren. Auch beruflich. Was für ein Unsinn lauert in dem Ausdruck »investigativer Journalist« (Fachbegriff: ein Pleonasmus). Wer ernsthaft schreibt, der geht investigativ vor, der befragt sich selbst und stellt all das, was ihn oder sie umgibt, in Frage. Schreibende sind pathologisch neugierig. Sie glauben, ob sie sich dessen bewusst sind oder nicht, an *Jnana Marga*, an den Weg des Wissens, an Erlösung durch Erkenntnis! Ein uralter Pfad, in Indien betreten vor der Geburt des Buddha, ausgetreten vor Christi Geburt.

Nun könnte ich klagen, ich würde an zu viel Information ersticken. Ich würde meine Arme im Dickicht verkratzen, ich würde unter einer kaum verdaulichen Fülle leiden, die sich zudem als nährstoffarm erweist. Wegen meiner Neugier komme ich kaum voran. Verlaufe mich, verirre mich, verplempere meine Zeit. Je mehr ich mitbekomme, desto stärker das Gefühl, etwas zu verpassen. Laut einer Studie der University of Southern California nehme ich heute wie jeder andere interessierte Mensch hierzulande auch etwa fünfmal mehr Informationen auf als noch vor dreißig Jahren (und schon damals war ich eifrig am Fragen und Nachfragen). Bedeutet das eine permanente Reizüberflutung? Gibt es so etwas wie eine Überdosis Neugier? Hatte Heidegger etwa doch recht mit seiner Behauptung, die Moderne sei nichts anderes als eine radikalisierte Form der Neugier? Ich surfe weiterhin stundenlang im Netz, ich lobe den Tag nicht vor den Abendnachrichten. Ich spüre (und das macht mich unruhig), dass etwas Wichtiges passiert sein könnte, was ich auf keinen Fall verpassen sollte. Ich staune über meinen eigenen Irrglauben.

Da das Internet fast alles weiß, ist es gottähnlich (»allwissend« ist eines der monotheistischen Attribute Gottes), es offenbart sich einem jeden Gläubigen und Irrgläubigen in unterschiedlicher Form, es begleitet uns auf Schritt und Tritt, es kennt unsere geheimsten Gedanken und Wünsche. Es ist daher an der Zeit, einen zweiten Bildersturm zu wagen, einen neuerlichen Gottesmord zu begehen. Wir benötigen einen digitalen Atheismus. In einer neo-analogen Eucharistie können wir uns weiterhin dankbar dafür zeigen, dass wir jederzeit Zugriff haben auf alles, was sich Information schimpft, aber nur wenn wir dies als nicht zu konsumierendes Angebot verstehen – wer nicht sorgfältig am kalten Buffet auswählt, der verdient dessen Füllhorn nicht. Die informelle Selbstbestimmung beinhaltet den festen Glauben an den Sinn des Lebens jenseits der Unsterblichkeit Gottes und der Unendlichkeit des Internets.

◇◇◇

Die Skepsis ist der Hofnarr der Neugier. Oder in den Worten von Aristoteles: »Glaube nicht alles, was du denkst«. Skepsis ist gesunde Ernährung für das Gehirn. Sie schmilzt das Fett weg und verwandelt uns in fitte Denkmaschinen. Neugier ohne Skepsis ist wie Tennisspielen ohne Linien. Und wenn der Ball knapp im Aus landet, muss besonders genau hingesehen werden.

Die drei Heiligen Fragenden aus dem Abendland führen es vor in unserer Eingangsgeschichte (ihr Besuch beim Nasreddin Hodscha). Sie fragen das Unfragbare, das Unbefragte, und äußern umgehend ihre Skepsis angesichts der Antworten, die sie erhalten. Ihre Neugier ist ein skurriles Perpetuum mobile der Erkenntnis. Immer weiter, mit angezogener Handbremse und stotterndem Motor.

Und weil wir gerade bei den Skeptikern sind, ehren wir doch auch die Häretiker, die Gnostiker, die Glubschäugigen jeder Generation, die sich (nur so ein Beispiel) wundern, wieso das Neue Testament vier Evangelien enthält. Wieso nur diese vier Erzählungen? Es müssen viele Menschen Zeugen von Jesu Wirken gewesen sein, gab es keine anderen Berichte, aus erster oder zweiter Hand? Wer seinen Religionslehrer mit dieser Frage konfrontiert, wird im Rahmen der historischen Wahrheit folgende Antwort erhalten: Oh ja, es gibt sie, die anderen Erzählungen, sie heißen Apokryphen (*apokryphos* bedeutet »verborgen«, »dunkel«), das sind die mythischen Landschaften der unermüdlich Neubegierigen. Denn dort versammelt sich, was alles erzählt werden konnte, aber nicht überliefert werden sollte, als man sich irgendwann einigte, von hoher Warte aus, nur Matthäus Markus Lukas Johannes zu kanonisieren. Alle anderen wurden verbannt aus dem Kreis der vorgegebenen Aufmerksamkeit.

Erinnern wir uns an die Definition des Clemens von Alexandria (einer der Kirchenväter), die Gnosis sei »die Erkenntnis, wer wir waren, was wir wurden; wo wir waren und wohinein wir geworfen wurden, wohin wir eilen, woraus wir erlöst werden; was Geburt ist und was Wiedergeburt.« Mit anderen Worten: Die Gnosis stellt alle wichtigen Fragen, die christliche Theologie beantwortet sie, allerdings letztlich und urgründlich und abschließend. Hier auf Erden. Denn im Himmel kann es in Anbetracht des ewigen Lebens und des paradiesisch konstanten Alltags keine Neugier geben (liebe LeserInnen, denken Sie darüber nach und Ihnen wird ganz schlecht werden). Diese schreckliche Vorstellung lässt mich immer wieder zu den Apokryphen greifen.

Einige der Apokryphen stammen aus der sogenannten »Bibliothek von Nag Hammadi«, ein Fund, dessen Geschichte einiges aussagt über das Verhältnis zwischen Ängstlichkeit und Forschheit. Eines Tages im Dezember 1945 fanden zwei ägyptische Brüder auf der Suche nach Dünger einen roten Tonkrug. Sie wussten nicht, was er enthielt: Gold oder einen Geist. Beides aus ihrer Sicht durchaus denkbar. Hin und her gerissen, ob sie ihn öffnen oder verschlossen halten sollten, entschieden sie sich für Ersteres, da die Hoffnung auf einen Goldfund größer war als die Angst, einen im Krug eingesperrten, bösen Geist zu befreien. Wie so oft obsiegte die Goldgier! Sie öffneten den Krug und siehe da, es kamen dreizehn in Leder gebundene Papyrusbücher zum Vorschein. Eines der Bücher wurde von der

Mutter der beiden verbrannt, denn sie glaubte an Quälgeister und böse Omen. Ein weiteres wurde verkauft, ging auf Reisen, nach Belgien und Zürich, bevor es Jahre später dem Koptischen Museum in Kairo überreicht wurde. Die anderen blieben in Ägypten; ihre Entschlüsselung dauerte Jahrzehnte.

Die Texte waren von Christen auf koptisch verfasst und überwiegend dem gnostischen Denken verpflichtet. Sie waren vermutlich versteckt worden, um nicht Opfer einer ideologischen Säuberung zu werden. Dieser Schatz aus den ersten Jahrhunderten nach Christi Geburt weist eine intellektuelle Vielfalt auf, die weit über die uns vertraute Homogenität hinausreicht. Die Anfänge einer Religion werden lebendig, mit all den unterschiedlichen Auffassungen und Haltungen, Lebensentwürfen und Ewigkeitsplänen. All dies existierte nebeneinander, miteinander, gegeneinander. Dickicht also, Dschungel. Die frühe, wilde Zeit, bevor ein ordentlicher, heckenbewehrter

Garten zurechtgeschnitten wurde, durch die strengen Scheren der Heiligen Kirche.

Two men think they are Jesus, heißt es in einer Zeile von Dire Straits. *One of them must be wrong*, geht die Liedstrophe weiter. Das ist ein Irrtum. Es könnte sogar ein Dutzend Jesu geben und nur einen Apostel. Neugier offenbart, wie sehr die Abbildung einer eindimensionalen Wahrheit täuscht; stattdessen weist sie uns ein in die vielschichtige, ambivalente und gelegentlich in sich widersprüchliche Realität.

◇◇◇

Die Philosophen des Altertums waren immer wieder gut für markige Worte. In Stein gemeißelte Wahrheiten. Allen voran Aristoteles, der einst verkündete: »Alle Menschen wollen von Natur aus wissen.« Das widerspricht meiner

Lebenserfahrung sowie dem neusten Stand der Wissenschaft. Neurologen der Universität Dresden haben Mäuse mit fast identischem Erbgut lange Zeit in einem Käfig voller Spielzeug und anderen Vergnügungsofferten gehalten. Manche der Tiere schnüffelten von Anfang an umher, versuchten, jedem Reiz zu folgen, jeder möglichen Beschäftigung nachzugehen. Andere hingegen reagierten mit einer Passivität, die sich über Tage und Wochen intensivierte, bis sie ihre Umwelt so gut wie ignorierten. Als die Mäuse untersucht wurden, erwies es sich, dass die Neugierigeren unter ihnen mehr Nervenzellen im Hippocampus (das ist jener Teil des Hirns, in dem die Früchte der Neugier verdaut werden) gebildet hatten. Allerdings wissen wir nicht, ob sie von Natur aus schon so nervenreich waren und deswegen auf jedes Miniaturriesenrad stiegen, oder ob sie sich durch ihre anfängliche Neugier erst so entwickelt haben. Das Glücksempfinden wurde leider nicht gemessen, aber ich vermute (und halte diese Vermutung nicht einmal für gewagt), dass die neugierigen Mäuse den Käfig mit mehr Frohsinn füllten.

Wer nun meint, das könne nur bei Mäusen so sein, der sei anhand der Kohlmeise eines Besseren belehrt. Forscher des Max-Planck-Instituts haben nämlich das Verhalten dieses weitverbreiteten Vogels untersucht, indem sie einen rosaroten Panther (fragen Sie mich bitte nicht, wieso just so ein Ungetüm) aus Plastik neben dem Futternapf platzierten. Sie stellten fest, dass es Vögel gab, die das seltsame, ungewohnte Objekt untersuchten, andere hingegen keinerlei Interesse zeigten. Bei diesen Experimenten konnte ein Gen identifiziert werden (für die Kenner unter Ihnen: es handelt sich um DRD4), das bei den neugierigen Schnäbeln stärker ausgebildet war als bei den Uninteressierten. Dieses Gen sorgt für die Aufnahme von Dopamin im Vogelhirn (*eine durch Biosynthese entstehende Stickstoffverbindung, die bei der Synthese von Noradrenalin und Adrenalin sowie als Neurotransmitter eine Rolle spielt*). Je mehr Dopamin, so die Erkenntnis der Wissenschaftler, desto mehr Neugier. Was uns unweigerlich zu der Frage führt, ob wir bald Dopamin-Tabletten einnehmen werden, neben der täglichen Dosis Magnesium, Calcium und Vitaminen unterschiedlicher Buchstabenart?

Aber so einfach wie es scheint, ist es selten. Denn aus Sicht der Evolutionsbiologie kann Neugier auch Nachteile haben. Nehmen wir etwa den neuseeländischen Papagei namens Kea, einen Vogelverwandten des Ehepaars Gier, der sich außergewöhnlich oft selbst vergiftet, weil er alles aufschnabelt, was sich ihm bietet. Aus purem Überlebenszwang, angesichts harter, unwirtlicher Bedingungen. Seine Essneugier macht vor nichts Halt, nicht einmal vor Nägeln alter Berghütten, die zwar süßlich schmecken, aber zu einer Bleivergiftung führen.

Neugier ist gefährlich, wenn Natur auf Zivilisation trifft.

◇◇◇

Neugier kann entweder eine Sammlung sein oder eine Erzählung.

Eine Wunderkammer oder eine Reise.

Die diskreten Objekte (materiell oder immateriell) der Wissbegier werden von uns nicht nur wahrgenommen, sondern in der Folge eingesteckt oder geraubt, abgestaubt oder gewaschen, in die Vitrine gestellt oder in einem Schuhkarton abgelegt. Neugierige sind Jäger und Sammler, die so wie unsere fernen Vorfahren herumstreifen, vom Hölzchen zum Stöckchen springen, aufheben, was nützlich erscheint, in den Mund stecken, was essbar sein könnte (eine Kreuzung somit aus Kohlmeise und Kea). Sie warten nicht darauf, dass etwas angeschwemmt wird, dass ihnen etwas zufliegt.

All die aufgeklaubten Kuriositäten wurden seit Anbeginn der Moderne in Listen geführt, die jeweilige Bezeichnung oft begleitet von unzulänglichen Beschreibungen. Das Paradebeispiel für das Materialisieren der Neugier war die Wunderkammer (manchmal viel mehr als eine Kammer, nämlich ein fürstliches Gemach der Dinge). In diesem Raum wurde das Angesammelte absichtlich unzusammenhängend ausgestellt, ohne jenen kulturellen Kontext, auf den heutige Museen bestehen: ein ausgestopftes Krokodil neben einer haarigen Maske, Korallen neben einem Schildkrötenpanzer, im Glastisch der Zahn eines Narwals, an der Decke das Kajak eines Indianers. Figurinen aus Elfenbein, Tücher aus Damast. Dolche oder Molche, letztere konserviert natürlich, ebenso wie Blutegel, Schlangen, Eidechsen, Fadenwürmer. Selbst das Phantastische war dieser Art der Neugier nicht fremd: Der Fötus einer Meerjungfrau war der ganze Stolz einer Sammlung. Anderswo waren dies Drachenzähne.

Das Durcheinander ist durchaus Programm. Mit der Vielfalt der Welt wird zugleich ihre Fremdheit ausgestellt, je verwirrender und disparater, desto besser. In der Vitrine dieser Neugier liegen Bruchstücke von Erfahrung, die weder einem tieferen Verständnis dienen sollen, noch einem systematischen Denken, in das sie integriert werden könnten. Denn die Neugier an sich führt keineswegs unausweichlich in ein profunderes Begreifen der Zusammenhänge. Als Sammler ist es uns möglich, Entdeckerfreuden an einem botanischen Garten zu empfinden, ohne zwischen Tropen und Subtropen, zwischen Tiefwurzlern und Luftwurzlern zu unterscheiden. Wer Kuriositäten anhäuft, der sucht nicht unbedingt nach grundsätzlichen Wahrheiten.

Die zweite Form der Neugier ist eine dynamische, eine voller Entwicklung und Dramaturgie. Die Reise. Und die ursprüngliche Form der Reise war die Pilgerreise. Die Auszeit von der Gleichzeit. Die einzige Abwechslung im Leben, die einmalige Unterbrechung der täglichen Schinderei. Auch wenn die vorgeschriebenen Riten der individuellen Neugier einen gewissen Riegel vorschoben, die Reise beinhaltete ein hohes Maß an persönlicher Erfahrung, Läuterung und Wandlung. Pilgerschaft gilt in den meisten Religionen als Instrument der Katharsis, als Mittel zur Erleuchtung. Pilger lernen die Fremde kennen, setzen sich dem Unbekannten aus, lassen äußere Bewegung zur inneren Veränderung werden.

Reisen gelten der Erfüllung der Neugier. Sie sind getragen von einer mysteriösen Sehnsucht namens Fernweh, einem Sirenengesang des Unbekannten, dem man sich nicht verschließen kann. Insbesondere, wenn man zu Fuß unterwegs ist (die ursprüngliche Art des Reisens), gezielt ziellos, nomadisch, heute hier, morgen dort, die eigene Neugier als einziger Führer, die Überraschungen entlang des Weges Belohnung genug. Jeder aufziehende Tag und jedes weitgestreckte Land bergen vielfältige Gaben. Wenn ich ein Buch über eine Wanderung lese, meine ich, die Sprache in meinen Füßen zu spüren, so als sei die Erzählung nicht auf Papier, sondern auf Sohle gedruckt.

Zu Fuß, wie gesagt. Fährt man mit dem Auto, dem Bus, dem Zug oder dem Motorrad durch die Landschaft, erfährt man die Fremde nur mit den Augen. Durchstreift man die Welt zu Fuß, sieht man mit dem ganzen Körper. Es gibt keine umfassendere Neugier.

Der Tourismus hingegen ist die organisierte Zähmung der Neugier. Jeder Führer – ob leibhaftig schwitzend oder mit Eselsohren versehen – behauptet bestimmte Prioritäten, die einem selbst Scheuklappen aufsetzen. Wie alle anderen vermeintlichen Autoritäten konstruiert er/sie/es Hierarchien des Wissens. Das Wort »Sehenswürdigkeit« ist ein Todfeind der Neugier. Was das Betrachten lohnt, das lassen sich wahre Reisende partout nicht von irgendwelchen Vorgängern vorgeben. Wenn ich über den Buchrand hinaus luge, wenn ich in den Keller steige, anstatt nur auf das Dach mit dem wunderbaren Ausblick, wenn ich Kirchen aufsuche, die dem Reiseführer keine Erwähnung wert sind und die mich emotional trotzdem berühren, entdecke und erfahre ich, was mich – und mich allein – glücklich macht. Neugier ist ein eigenartiger Trieb (der Blüten treibt, die bei jedem Menschen anders ausfallen). Vor allem aber bewahrheitet sich in der frei ausgelebten Neugier die tiefe Überzeugung der Reisenden, dass die Welt, in der wir leben, etwas wert ist. Also sehenswert, und zwar potentiell alles und jedes.

◇◇◇

Nun wird die Menschheit im Durchschnitt immer älter und verfügt zudem im fortgeschrittenen Alter über mehr Zeit, zum Teil auch über mehr finanzielle Möglichkeiten, um Fernes und Unbekanntes zu verkosten oder gar zu verschlingen. Deswegen stellt sich dringend die Frage: Gibt es neben Altersflecken und Haarausfall auch ein Ermatten der Neugier? Nutzt sie sich ab? Wie etwas, das sich nicht regenerieren kann? Wird sie schwach und schwächer? Wie das Augenlicht? Kann man Unbekanntes beäugen, wenn man schlecht sieht? Oder hängt sie gar nicht vom Alter ab? Solchen Gedanken hängen Sie nach, erst recht, als Sie eines Tages den Sohn des Ehepaars Gier kennenlernen. Flüchtig, ein Händedruck, seinerseits Desinteresse. Er schielt auf sein Handy, während seine Mutter ihm davon erzählt, dass der nette Nachbar erstaunliche Höhlenwanderungen unternehme, dass die sympathische Nachbarin gerade versuche, Vietnamesisch zu lernen. Es ist ein heißer Sommertag, alle Türen auf, alle sitzen auf den Balkons und so werden Sie unabsichtlich Zeugin einer Unterhaltung. Herr Gier will seinem Sohn etwas erklären, er setzt an, er nähert sich dem Thema etwas umständlich, er kommt nicht weit, denn schon hören Sie, wie der Sohn ein gelangweiltes »Wie auch immer« von sich gibt, die Losung eines Totengräbers der Neugier. Dann hören sie ein Stühlerücken und den Klang sich entfernender Schritte. Eine Aussage, die in ihrem resignativen Ton und ihrer erlöschenden Hoffnung einen Zwischenstand markiert auf dem Weg von Verwirrung zur Verzweiflung. Der Sohn besucht seine Eltern selten.

Das gegenteilige Beispiel: Ein indischer Wissenschaftler aus Bangalore ist auf der Durchreise. Sie haben ihn vor Jahren auf einer Zugfahrt von Bombay nach Baroda kennengelernt. Er hatte sich damals erkundigt, was für ein Buch Sie läsen. Dann hat er Sie über den Inhalt befragt und sich schließlich, auf Ihre enthusiastische Empfehlung hin, die Autorin und den Titel aufgeschrieben. Er war so interessiert an all Ihren Vorhaben und Plänen und Interessen, Sie hatten kaum Zeit, etwas über ihn zu erfahren. Nun sitzt er Ihnen gegenüber, mit einer Tasse Tee in der Hand, und strahlt Sie an. Es ist unmöglich zu sagen, wie alt er ist. Wenn er still dasitzt, würden Sie ihn auf sechzig schätzen, vielleicht sogar auf siebzig. Wenn er spricht, wenn er fragt und nachfragt und nachnachfragt, wenn sich seine Augen vor Faszination oder Begeisterung weit öffnen, weil er etwas mit einer Frische wahrnimmt, als wäre es erst gestern erschaffen worden, dann wirkt er wie ein Jugendlicher, der zum ersten Mal dem Zauber des Wissens erliegt.

Ein beneidenswertes Vorbild, wer sich seine Neugier bis ins hohe Alter erhält, denken Sie sich. Und erinnern sich sogleich an den Sohn des Ehepaars Gier. Ein Gimpel, wer in jungen Jahren keine Neugier entwickelt. Und Sie nehmen sich vor, jede Woche irgendwo hinzusehen, wo Sie noch nie hingesehen haben, jeden Monat etwas zu lesen, das Sie noch nie zu lesen vorhatten, und jedes Jahr etwas Neues zu lernen, eine Sprache oder ein Instrument oder eine Sportart oder ein Spiel oder eine Cuisine oder ein Handwerk oder aber eine Technik der Selbstverteidigung, ob physisch oder geistig, Hauptsache bis dato unbekannt.

Und nun, zum Schluss, ein Lob der Neugier. Ungeniert, ohne Rückendeckung. Ohne Rücksicht auf nachbarschaftliche Verluste.
Neugier.

Ein schönes Wort. Zwei schlanke Silben. Wie Pfeilspitzen. Wenn ich neugierig bin, nehme ich Anteil, an dem Wachsen eines Baumes, an dem Sterben der Korallen. Empathie beginnt mit dem Sehen, dem Betrachten, genauer gesagt: dem In-Betracht-Ziehen (in mein Leben hineinziehen). Neugier ist mein Dank an die Natur für ihre Wunder. Mit Neugier würdige ich die Vielfalt kulturellen Seins. Wäre alles gleich, müsste ich nicht immer wieder hinschauen. Neugier nährt die Kenntnis von der Einzigartigkeit jeder Existenz. Und während ich die Realität Mal ums Mal verändert vorfinde, ändere ich mich selbst, was wiederum die Perspektive nach außen verändert. Neugier ist dynamisch, Neugier zieht den Gewohnheiten den Teppich unter den Füßen weg (oder ist sie ein fliegender Teppich? Über diese Metapher muss ich noch mal nachdenken). Und Neugier ist subversiv.

An guten Tagen träume ich von einem neuen goldenen Zeitalter der Neugier. Es gibt noch so viel zu wissen, so viel zu erfahren. Jenseits der Monopole der Informationsgewinnung und -verbreitung, jenseits von Profitmaximierung. Dort, wo ich mich geistig aufhalte, ist es eng, zu eng. Die Savanne meiner Kindheit war eine Landschaft ohne Horizont, bis ich mich selbst exiliert habe, weil ich mich satt und überfordert fühlte. Die Prärie meiner reifen Jahre könnte sich ausdehnen. Wenn ich mich nur in Bewegung setzen würde. Wieder und erneut. Selbst wenn die Neugier im Rollstuhl vorankommt, Hauptsache sie bleibt nicht stehen.

Und last – weil alles einmal enden muss –, but not least: Wenn ich Interesse habe an dem, was existiert, habe ich Interesse an dem, was sein könnte. Vorwitzig kann ich mir mehr Schönheit und Gerechtigkeit, mehr Erhaltung und Freiheit herbeisehnen. Mir die bessere Welt in allen geläufigen sowie selbst gemischten Farben ausmalen. Neugier ist das Salz des Tagtraums, ein Vektor, der in die Zukunft weist, in Richtung Utopie …

Ilija Trojanow, 1965 in Sofia geboren, aufgewachsen in Nairobi, studierte Jura, Ethnologie und Havarie in München. Autor, Übersetzer und Publizist. Lebte von 1998–2003 in Bombay, von 2003–2006 in Kapstadt. Seit 2008 in Wien zuhause.

Veröffentlichungen seit 1996 (u.a. *Die Welt ist groß und Rettung lauert überall*, *Der Weltensammler* 2006, *Nach der Flucht* 2017). Trojanow erhielt für sein in 31 Sprachen übersetztes Werk zahlreiche Preise, darunter den Adelbert-von-Chamisso-Preis 2000, den Preis der Leipziger Buchmesse 2006, den Heinrich-Böll-Preis 2017 und den Vilenica International Literary Prize 2018.

© Literaturverlag Droschl Graz – Wien 2020

Umschlag: & Co www.und-co.at
Satz: AD

Druck: Styria Print

ISBN 978-3-99059-061-4

Literaturverlag Droschl Stenggstraße 33 A-8043 Graz
www.droschl.com